Autorenteam Sültz auf Sylt

Uwe H. Sültz

# Star Marshal

## Police in the Universe

## Gefahr aus dem Omnium

BoD - Books on Demand

Norderstedt 2016

Bibliografische Information durch die
Deutsche Nationalbibliothek

Die Deutsche Nationalbibliothek
verzeichnet diese Publikation in der
Deutschen Nationalbibliografie; detaillierte
bibliografische Daten sind im Internet über
http://dnb.dnb.de abrufbar.



Herstellung und Verlag:

BoD – Books on Demand, Norderstedt

ISBN 978-3-739-24892-9

## Vorwort

Das Universum – Wir leben auf einem wunderbaren Planet, der Erde. Es könnte ein herrliches Miteinander geben. Die Erde befindet sich in unserem Sonnensystem. Das Sonnensystem ist Teil unserer Galaxis, auch Milchstraße genannt. Es gibt unzählige Galaxien. Alles zusammen ist unser Universum. Wie viele Universen könnte es geben? Oder dehnt sich unser Universum nur in einem leeren Raum aus? Gibt es weitere Universen, so könnten wir es „Das Omnium" nennen. Was kommt dann? Fragen über Fragen!

Auf jeden Fall sorgen die Star Marshals in unserem Universum für Recht und Ordnung.

STAR
MARSHAL

Wir schreiben das Jahr 2485. In der Memorial Hall gedenkt General Jackson der verschollenen Mitglieder Captain Lydia Gohr und Marshal Stan Thor. Bei einem Einsatz im Jahr 2480 kamen sie einem Schwarzen Loch zu nahe. Sie evakuierten alle Besatzungsmitglieder und versuchten das Polizei-Raumschiff STAR MAR 8 zu retten. Seither gelten sie als verschollen. Da noch niemand durch ein Schwarzes Loch geflogen ist, will General Jackson nicht von „getötet" sprechen. Unter den Gästen befinden sich alle geretteten Marshals, Deputys und Crew-Mitglieder der STAR MAR 8.

General Jackson: „Ich danke für ihr zahlreiches Erscheinen… ich selbst gab den Einsatzbefehl KL-456-UG4. Diese Zahlen- und Buchstabenkombination werde ich niemals vergessen. Mit Lydia Gohr haben wir eine erfahrene Ingenieurin, Wissenschaftlerin und Raumschiffkapitänin verloren. Sie konnte leider ihre wissenschaftlichen Erfahrungen vom Flug bis ans Ende des Universums nicht mehr veröffentlichen. Wertvolle Informationen nimmt sie nun mit in eine andere, vielleicht parallele Welt, ich hoffe es zumindest. Mit Marshal Stan Gohr verlieren wir einen der erfahrensten und erfolgreichsten Hüter des Gesetzes überhaupt… und ich einen Freund.“

Auch Greg Gains hielt eine Rede: „Ich vermisse beide. Lydia war eine kompetente und erfahrene Kapitänin aller Schiffe, die sie befehligte. Mit Stan verliere ich den besten Freund. Viele Abenteuer haben wir erlebt. Macht's gut Freunde, wo auch immer ihr euch jetzt befindet."

Die Gedenkfeier wurde durch einen L-Com-Ruf unterbrochen: „Hier Kontrollzentrale Mars B4. Wir haben ein Scan-Signal empfangen. General Jackson bitte melden."

Sofort verabschiedete sich General Jackson und flog zur Kontrollzentrale. „Wer ist zuständig?", fragte der General. „General, mein Name ist McLinch, ich bin

Sicherheitsbeamter." „Was hat es mit dem Scan-Signal auf sich, McLinch?" „Normalerweise kommunizieren wir zwischen unseren Partnern, das sind 128 Planeten in der Milchstraße, mit L-Com. L-Com gleicht die Unterschiede zwischen Zeit und Lichtgeschwindigkeit aus. Des Weiteren hören wir die kosmische Mikrowellenhintergrund-strahlung, nicht zu verwechseln mit der kosmischen Hintergrundstrahlung. Die Mikrowellenhintergrundstrahlung ist kurz nach dem Urknall entstanden. Nun haben wir eine zusätzliche Strahlung entdeckt. Unser L-Com-Signal ist künstlich, von intelligenten Wesen. Die Strahlung vom

Urknall ist eine natürliche Strahlung. Und genau darauf entdeckten wir eine Strahlung, die die Urknallstrahlung als Trägerfrequenz ausnutzt. Die wiederum scannt alles und jeden. Die Frage ist, wozu und wer steckt dahinter?" General Jackson war besorgt. „McLinch, das hat jetzt Priorität. Kontaktieren sie alle 128 Planeten. Eine andere Macht hat nur friedlich mit uns Kontakt aufzunehmen. Gescannt zu werden halte ich für keinen friedlichen Akt. In 24 Stunden erwarte ich sie im Star Marshal-Hauptquartier.

Auch Marshal Greg Gains wurde ebenfalls geladen. Gespannt warteten alle Anwesenden auf

den Bericht. „Das Problem ist“,
so McLinch, „dass sich diese
Scanwelle auf der
Urknallstrahlung in
entgegengesetzter Richtung
fortbewegt. Das heißt, die
Urknallstrahlung kommt aus der
Region, in der der Urknall
stattfand, dem Mittelpunkt also.
Die Scanwelle hingegen kommt
entweder vom äußersten Rand
des Universums oder darüber
hinaus.“

„Jetzt fehlt uns Lydia Gohr. Sie flog bereits über die Grenzen des Universums hinaus.", sagte General Jackson. McLinch war überrascht: „Das verstehe ich nicht, das ist nirgendwo dokumentiert." „Es war ein Geheimauftrag. 2478 startete das Technik-Raumschiff LOGROS 07 mit Prof. Isaak Greg zu dieser Expedition. Lydia war Captain. Der Professor experimentierte mit Dunkler Energie als Antrieb. Es funktionierte, war aber unberechenbar. Wo ist der Professor heute?", fragte der General. Marshal Norman meldete sich zu Wort: „Das Raumschiff LOGROS 07 ist zerstört. Mit meiner Crew rettete ich damals den Professor und die Mannschaft. Heute arbeitet er auf dem Raumschiff LIVER ONE." „Wir setzen die Konferenz fort, wenn der Professor hier auf dem Mars ist. McLinch, sie sind jetzt im Team. Kontaktieren sie den Professor. Und denken sie daran, Geheimhaltung dieses Projekts ist angesagt. Die Trüpiden kamen uns schon einmal dazwischen.", so der General.

Nach vier Tagen traf sich die Gruppe aufs Neue. Professor Greg brachte viele Unterlagen mit. „Professor, wir haben das Problem, dass wir so schnell es geht an den Rand unseres Universums gelangen. Was sind ihre Vorschläge?", forderte der General.

„Nun, meine Damen und Herren“, begann Professor Isaak Greg seinen Vortrag und fuhr fort, „damals experimentierten wir mit der Dunklen Energie. Sie ist schwer zu bändigen gewesen. Captain Lydia Gohr und die Crew der **LOGROS 07** kämpften ganz schön mit dem Schiff, um Kurs zu halten. Danach habe ich mich zurückgezogen. Unser Außensatellit Neptun B6 konnte weitere Gravitationswellen messen. Albert Einstein entwickelte alles in der Theorie und am 11. Februar 2016 folgte der Beweis für Gravitationswellen. Es wurde bis heute zwar experimentiert, aber ich stelle ihnen nun den Durchbruch vor. Eine

Gravitationswelle durchquert die vierdimensionale Raumzeit, sprich den Raum in dem wir leben, mit nur Lichtgeschwindigkeit. Abstände werden dabei gestaucht und gestreckt."

„So weit, so gut, Professor, aber mit nur Lichtgeschwindigkeit sind wir eventuellen Angreifern von außen doch völlig unterlegen.", sagte Marshal Gains.

„Ja, natürlich. Ihre Star Marshal-Raumschiffe fliegen mit Überlichtgeschwindigkeit. Nun stellen sie sich vor, sie fliegen mit Überlichtgeschwindigkeit und ich bin bereits am Ziel, bei nur Lichtgeschwindigkeit. Ich arbeite mit der von meinem

Team und mir entwickelten Chromoswelle. Sie faltet den Raum wie eine Sinuswelle. Ihr Schiff muss nun die Sinuswelle abfliegen um zum Ziel zu kommen. Natürlich merken sie nicht, dass sie auf einer Sinuswelle fliegen, besser gesagt, einen gefalteten Raum abfliegen, denn der Raum scheint geradlinig.

Ich hingegen fliege gerade durch diese Sinuswelle hindurch und das nur mit Lichtgeschwindigkeit. Mein Weg ist nur ein Bruchteil. Hier ein Schaubild dazu.", so der Professor.

Start beider Raumschiffe
Chromoswelle
nach Prof. Greg
Dieses Raumschiff fligt
die gelbe Welle ab
E / mc²
Der Raum wird gestreckt
und gestaucht
Dieses Raumschiff
fligt den roten
Strahl ab
Zielort

„Meine Damen und Herren. Wir wollen keine Zeit verlieren. Ich glaube, wir haben das Prinzip verstanden. Professor, ist ihr Raumschiff LIVER ONE einsatzbereit?", fragte General Jackson.

„Ja, das Schiff ist einsatzbereit. Zusätzlich können wir acht Schiffe ihrer Star Marshal-Flotte mit in die Chromoswellen-Glocke nehmen.", laut Professor Greg. „Gut, denn wir wissen nicht was uns erwartet. Marshal Gains, sie leiten diese Aktion. Marshal Norman, sie sind ebenfalls dabei. Eine Sicherheitsmannschaft wird den Professor und seine Crew auf der LIVER ONE begleiten. Ich gebe den Einsatzbefehl KL-565-UG4.

Kommt mir bitte alle wieder zurück, ich denke da an Marshal Stan Thor und Captain Lydia Gohr.", befahl General Jackson vom Mars Hauptquartier.

Die Vorbereitungen liefen auf Hochtouren. Deputy Norgon ging mit einer Sicherheitsmannschaft auf die LIVER ONE. Professor Isaak Greg erklärte alle technischen Funktionen der Chromoswelle. „Wir haben die Möglichkeit, für uns den Raum zu verkürzen, indem wir für die Chromoswellen stauchen. Unsere Gegner müssen so einen längeren Weg fliegen.", erklärte der Professor. „Verstehe, nun müssen wir nur noch unsere Gegner kennen.", sagte Deputy Norgon.

Über L-Com ertönte: „Hier Star Marshal Hauptquartier. Die nächste Scan-Welle wurde bemerkt. Wir geben den Einsatzbefehl frei. STAR MAR

17... Marshal Gains... STAR MAR 18... Marshal Korogon... STAR MAR 27... Marshal Stark... STAR MAR 31... Marshal Fenston... STAR MAR 34 Marshal Clinton... STAR MAR 44... Marshal Wegros... STAR MAR 45... Marshal Ustinov... STAR MAR 48... Marshal Lynn.

Zu erwähnen ist, dass Deputy Fenston die Prüfungen zum Marshal bestanden hat. Alles Gute Marshal Fenston. Hauptquartier Ende."

Die STAR MARSHAL-Police-Raumschiffe formierten sich um die LIVER ONE herum. Professor Greg leitete den Start der Chromoswelle ein. Ein riesiger Generator wurde eingeschaltet. Er war genau in der Mitte des Raumschiffs positioniert. Die Welle verzerrte den Innenraum. Jetzt verzerrte das gesamte Raumschiff. Nun stellte Professor Greg außerhalb der LIVER ONE den Bereich ein, indem sich alle STAR MAR-Raumschiffe befanden. Der Navigator stellte die Richtung ein, aus der das Scan-Signal ausgesendet wurde. Innerhalb der Raumschiffe bemerkte man absolut nichts von einem Falten des Raums.

3... 2... 1... START!

„Ich merke nichts. Ist der Chromoswellen-Generator ausgefallen?", fragte Marshal Greg Gains. „Im Gegenteil, Marshal, wir sind nur mit

Lichtgeschwindigkeit unterwegs und haben bereits 10% des Raums geschafft.", so der Navigator der STAR MAR 17.

„Na, das reicht ja um ein, zwei Kurzgeschichten vom Autorenteam Sültz auf Sylt zu lesen. Deren Science Fiction-Geschichten waren damals atemberaubend.", flachste der Marshal.

Die Mannschaften berieten sich über den bevorstehenden Einsatzplan. Es ist natürlich schwierig, denn den Gegner kennen sie nicht. Eines stand nur fest, es handelte sich bei der Scan-Welle nicht um ein natürliches Phänomen.

**Die Mannschaften ruhten bis zum Ziel aus. Nur der Professor war im Stress. Er überwachte alle Instrumente, war aber auch zugleich sehr stolz, dass der Generator so gut funktionierte. Während des Flugs stauchte der Professor die Chromoswelle immer mehr. Das bedeutete, dass bei gleicher Geschwindigkeit immer mehr Raum durchflogen wurde. „In 28 Tagen, nach irdischer Zeit, sind wir am Ziel.", verkündete er.**

„Das Ziel wird in 25 Zentilonen nach Sternenzeit erreicht werden. Die Raumzeitstauchung wird nun der normalen Raumzeit angepasst.", meldete der Zentralcomputer der LIVER ONE. Das bedeutete, das Ziel war etwa noch 14 Lichtjahre entfernt. Bei 0,2 Lichtjahren stoppte die LIVER ONE komplett. „So, meine verehrten Damen und Herren. Mein Auftrag ist erfüllt.", sagte der Professor stolz ins L-Com. Alle beglückwünschten ihn. Nun waren die STAR MAR-Raumschiffe gefragt. Erstaunt schauten sie in den leeren Raum. Hinter ihnen lag das Universum. Vor ihnen lag das Nichts, das von Professor Isaak Greg getaufte Omnium.

Wie aus dem Nichts standen plötzlich über 100 Raumschiffe vor den 8 STAR MAR-Raumschiffen. „Wir müssen sie von der LIVER ONE weglotsen. Verteilt euch. Fliegt in den leeren Raum!", befahl Marshal Greg Gains. Die fremden Raumschiffe feuerten sofort. Sie waren riesig. Die wendigen Polizei-Raumschiffe starteten sofort auf Überlichtgeschwindigkeit. Die fremden Raumschiffe folgten ihnen ebenfalls mit Überlichtgeschwindigkeit. „Noch nicht einmal Schiff gegen Schiff hätten wir eine Chance. Die Marshals standen eben immer schon seit dem 19. Jahrhundert einer Übermacht gegenüber. Feuern ist Zwecklos, sie sind stärker und genau so schnell...

machts gut Freunde.", rief
Marshal Fenston, der seinen
ersten Einsatzbefehl hatte.

Über L-Com hörten sie den
Professor: „Haltet sie hin, fliegt
zurück ins Universum. Ich
arbeite an dem Problem." Die
wendigeren STAR MAR-
Raumschiffe formierten sich nun
und flogen hintereinander
Angriffe. Von vorn sahen die
Gegner nur ein Raumschiff,
plötzlich griffen acht
Raumschiffe an. Aber welche
Formation auch geflogen wurde,
es gab keine Erfolge. Die über
100 Angreifer schafften es, die
acht Polizei-Raumschiffe
einzukesseln. „Jetzt hilft nur
noch ein Stoßgebet.", rief
Marshal Clinton.

Plötzlich erfasste alle Raumschiffe eine Stoßwelle… aus dem Universum heraus in das Omnium hinein. Der Professor erreichte, dass die Glocke, die der Chromoswellen-Generator aufbauen konnte, als gewaltige Welle in eine Richtung ausgestrahlt werden konnte. Über L-Com empfingen die STAR MARSHAL-Raumschiffe den Code, um nicht von der Verzerrung erfasst zu werden. Auf den gegnerischen Schiffen lief nun alles in Superzeitlupe ab. Endlich konnte Marshal Greg Gains sagen: „ Im Namen des Gesetztes des STAR MARSHAL OFFICE! Ihr seid verhaftet, legt die Waffen nieder und ergebt euch!"

Ob die Angreifer etwas hörten oder nicht. Es war der obligatorische Spruch eines Marshals. Die Angreifer waren nicht mehr in der Lage sich zu wehren. „Wir werden mit den Körpertransportern eines ihrer Schiffe entern. Da fällt mir ein, der damalige Deputy und heutige Marshal Fenston hatte ganz schön die Hose voll, als Stan Thor und Korogon den Zielort so gut wie möglich schätzten. Ja, unser Stan Thor, wo auch immer du jetzt bist...", flachste Greg Gains. Nun, es müsste heißen „wann, nicht wo", aber das wissen nur wir Leser vom Teil 1 der STAR MARSHAL-Serie.

Marshal Gains führte den Außeneinsatz an. Auf den

Schiffen angekommen erschraken alle. Kein Sauerstoff, kein Lebenssignal. Maschinen taten ihren Dienst. Sechs Arme und drei Beine, einen Kopf, geformt wie eine nach oben geöffnete Satellitenantenne. Es schien, als wenn jede Maschine darüber Befehle empfangen könnte. In ihrer Zeitrechnung bewegten sich die Maschinen natürlich ganz normal. Auf einem ihrer Monitore war ein Fadenkreuz auf die STAR MAR 31 ausgerichtet. Der mechanische Finger einer Maschine steuerte langsam auf den Feuer-Knopf zu. Marshal Stark schlug ihn gleich ab. „Wir durchforsten ihren Computer, wir brauchen Informationen.

Schließt die Übersetzungsmodule an.", befahl Greg Gains. Anstatt Informationen, erhielt Marshal Gains einen Hilferuf. Aus dem Übersetzungsmodul kam: „Hallo, bitte helft mir. Wir sind die Moronen. Wir sind Lebewesen aus der Morontz, ihr sagt Galaxis dazu. Es gibt unzählige Morontzen, oder in eurer Sprache Galaxien. Wir waren ein hochtechnisiertes Volk. Irgendwann begannen unsere Roboter zu denken, zu kombinieren und gegen uns zu kämpfen. Nun brauchen sie unsere Gehirne. Wir müssen alles speichern, jede grausame Tat der Roboter. Sie wollen euer Universum erobern. Sie wollen euch vernichten. Sie nennen sich

in eurer Sprache „Invasoren der
künstlichen Intelligenz“. Ihr
müsst uns vernichten,
unbedingt.“

„Dann bist du also ein
Individuum?“, fragte Marshal
Gains. „Korrekt, ich war
Wissenschaftler, hatte 18
Kinder. Mein Name ist Rem. Auf
jedem Raumschiff befindet sich
ein Individuum. Es reicht aber
nicht, wenn ihr nur uns
vernichtet. Ihr müsst die
Roboter ebenfalls vernichten,
ansonsten laufen sie Amok gegen
euer Universum.“, ertönte es aus
dem Sprachenmodul. „Wir
haben nicht die Macht dazu. Hilf
uns und wir helfen dir. Wo ist
dein Aufenthaltsort?“, fragte
Gains. „Ich befinde mich im

Computer- und
Maschinenraum."

„Marshal Gains an Professor
Greg, bitte kommen sie zu
folgenden Koordinaten."

Der Professor traf ein. Nun
überlegten alle, wie Rem gerettet
werden konnte. „Wir haben die
Möglichkeit, einen Geist, dessen

Denken oder auch dessen Seele in Plasmazellen einzubinden. Auch dort ist unser Sprachenmodul integriert.", so der Professor. Rem war einverstanden. Techniker und Ärzte der LIVER ONE ummantelten Rem mit Plasma. Sofort wurde er auf die LIVER ONE gebracht und in eine Plasmazelle integriert. Rem wusste, dass es keine andere Möglichkeit gab, er starb sowieso, wenn er im Raumschiff der Roboter geblieben wäre. Im Plasma war er nun in einer anderen Dimension. In der Dimension der Verstorbenen. Aber es ist ja nur der Übergang vom feststofflichen Körper zum feinstofflichen Geist. Sofort hatte Rem Kontakt zu seinen bereits

vor langer Zeit verstorbenen
Freunden und Familien.
Überglücklich sprach er nun:
„Keine Bomben können die
Roboterschiffe vernichten. Aber
ihr habt etwas, was es bei uns
nicht gibt… Rost. Belasst die
Schiffe in dem jetzigen Zustand,
es ist wie ein Schlafmodus.
Überflutet dann alles mit
Wasser, pumpt es ab und flutet
alles mit Sauerstoff. Alles im
Schiff wird nun rosten und
verrotten. Aber dann müssen wir
in mein Universum fliegen und
die Maschinen auf meinem
Heimatplaneten vernichten,
denn es werden neue Invasoren
folgen.“

„Einsatzbesprechung auf der
LVER ONE.", verkündete
Marshal Greg Gains. „Wir haben
einen neuen Freund gefunden, es
ist Rem von einer anderen
Galaxis, man nennt sie Morontz.
Rems Kultur wurde durch
Maschinen vernichtet. Diese
Maschinen versuchen nun in
unsere Galaxis einzudringen. Sie
haben bereits alles gescannt und
wollen diese Informationen nun
auswerten. Früher oder später
stehen sie vor unserer Tür… sie

klopfen nicht… sie vernichten. Mit Rems Hilfe werden wir sie vernichten. Zunächst müssen wir ihre Schiffe mit Wasser fluten.“

Sofort begann die LIVER ONE Kometen einzusammeln. Mit Hilfe der Körpertransporter überflutete man nun die gegnerischen Raumschiffe. Rund um die Uhr arbeiteten die Transporter. 186 Kometen waren nötig, um die Schiffe randvoll zu füllen. Nun wollten sie mit den Strahlenkanonen Löcher in die Außenhaut der Schiffe schießen, aber wie es Rem bereits sagte, die Schiffe waren unzerstörbar. Also musste alles Wasser wieder durch die Körpertransporter abgefüllt werden. Es war herrlich anzusehen, wie sich im leeren Raum neue Eisblöcke bildeten. Durch die Schwerkraft klebten sie förmlich an den Roboterschiffen. „Wir müssen Sauerstoff von unseren Lebenserhaltungssystemen in die Roboterschiffe pumpen. Hoffentlich reicht es für den Rückflug für uns.“, meinte Marshal Lynn. „Ich schätze, es wird knapp.“, flachste Gains. „Was? Wir schätzen wieder? So wie damals?“, erschrak Fenston. „Spaß, mein Freund. Es war wie damals ein Spaß. Es reicht dicke, versprochen.“, so Gains. Vier Monate dauerte diese komplette Aktion. Niemand wusste, ob die nächsten Roboterschiffe bereits im Anflug waren. Aber die

Arbeiten mussten korrekt ausgeführt werden. Dann war es endlich so weit. Die acht STAR MAR-Schiffe formierten sich um die LIVER ONE. Der Chromoswellen-Generator wurde aktiviert. Der Raum wurde bis auf die höchste Stufe gestaucht, nun schoss die Formation mit Lichtgeschwindigkeit durch den leeren Raum, durch das Omnium, bis zum nächsten Universum.

Von weitem sahen alle eine eher rötliche Galaxis, von Rem „Morontz" genannt. Es deutete alles darauf hin, dass diese Galaxis älter war. Sofort begann der Professor mit seinen Messungen. Nun war es nur noch ein kleiner Weg bis zu Rems Heimatplanet. Rem selbst hatte ihn schon Jahrzehnte nicht mehr gesehen, denn sein Gehirn wurde ja in ein Raumschiff der Roboter gepflanzt.

„Das Ziel wird in 8 Zentilonen nach Sternenzeit erreicht werden. Die Raumzeitstauchung wird nun der normalen Raumzeit angepasst.", meldete der Zentralcomputer der LIVER ONE wieder.

Kurz vor dem Zielplanet löste sich die Formation auf. Die LIVER ONE blieb wieder versteckt. Die STAR MAR-Raumschiffe schwärmten aus. Mit den eingebauten Projektoren projizierten die Raumschiffe leeren Raum, so konnten sie nicht erkannt werden. Rem war über den Anblick seines Heimatplaneten sehr traurig: „Es gibt keine Städte mehr, nur noch Fertigungshallen. Ich sehe auch keine Lebewesen mehr. Meine Art ist vernichtete worden. Wenn ich doch nur wüsste, wie ich euch helfen könnte. Die robuste Mechanik ist nicht zu zerstören. Rost hilft nun leider nicht mehr."

Hat der Schöpfer von Allem versagt. Entwickelte sich eine noch höhere Macht, eine unzerstörbare Macht etwa? Das kann und darf nicht sein. Der Professor überlegte mit seinem Team: „Ein Urknall erschuf ein Universum. Nun müssen wir sagen, ein Urknall, es heißt nicht mehr, der Urknall. Denn nun wissen wir, dass es viele Universen gibt. Alles ist im Omnium. Was vernichtet eine ganze Galaxis? Es ist ein Schwarzes Loch. Was wird ein ganzes Universum vernichten? Es sind viele Schwarze Löcher. Was passiert in einem Schwarzen Loch? Bislang können diese Frage nur Lydia Gohr und Marshal Stan Thor beantworten. Und die gelten als verschollen. Ist ein Schwarzes Loch nun das Ende der Existenz von Materie oder der Durchgang zu einer anderen Dimension? Wenn ein Körper in ein Schwarzes Loch gerät, so wird er zerlegt. Der Geist soll sich laut Theorie trennen und in eine andere Dimension wiederfinden. Rem, ich frage dich, siehst du in deiner jetzigen feinstofflichen Welt Lydia und Stan?" „Nein, ich kann sie nicht erkennen.", antwortete Rem in der Plasma-Box. „Also könnten sie noch leben. Da ist die Frage, wo oder wann?", sagte Deputy Norgon. „Fassen wir zusammen. Mit unseren Strahlenwaffen können wir nichts ausrichten. Mit Wasser können wir den Planet nicht überfluten. Dann muss ein

Schwarzes Loch beenden, was durch den Urknall in diesem Universum schiefgelaufen ist.", so der Professor. „Das nächste Schwarze Loch ist 200000 Lichtjahre entfernt. In unserem Universum sind die Entfernungen geringer. Auch das zeigt, dass dieses Universum sich dem Ende nähert. Viele Schwarze Löcher haben sich bereits selbst geschluckt.", meinte Norgon. „Und wie wollen wir den Roboterplanet in ein Schwarzes Loch befördern?", fragte Rem. „Wir müssen durch die Chromoswelle die Raumzeit so stark krümmen, dass der Planet durch das Schwarze Loch angezogen wird. Nur müssen wir den Generator genau zum richtigen Zeitpunkt ausschalten, sonst werden wir mit hineingezogen. Gehen wir an die Arbeit, es gibt viel zu berechnen.", so der Professor.

Marshal Gains flog mit seiner STAR MAR-Flotte immer näher auf diesen Maschinen-Planet zu. Es gab scheinbar keinen Alarm. Also beschloss er mit vier Marshals auf dem Planet zu landen. Sie registrierten eine Start- und Landeeinrichtung für Raumschiffe. Darum herum riesige Hallen, in denen wahrscheinlich die Raumschiffe gefertigt werden. Alles schien etwas eigenartig zu sein. Entweder waren diese Roboter sich total sicher darüber, dass keine Macht größer ist und sie angreifen kann. Oder sie rechnen nicht damit, dass es jemand versucht und haben kein Alarmsystem. Bis auf 500 Meter flog die STAR MAR 17 eine Halle an. Jetzt wurden Marshal

Gains, Marshal Korogon, Marshal Stark und Marshal Wegros mit den Körpertransportern auf das Dach einer Halle gebracht. Mechanische Geräusche waren zu hören. Die Roboter selbst kommunizierten nicht über Sprache. An der Decke hing eine Art Satellitenschüssel, nach unten gerichtet. Die Roboter haben Satellitenschüsseln, wie Köpfe, nach oben gerichtet. Das schien die Zentrale Kommunikation zu sein. Jede Fertigungshalle ist nach dem gleichen Prinzip aufgebaut. Der Scanner der STAR MAR 17 zeigte um den Planet herum etwa 21 Millionen Basen. Ja, das Wort Invasoren ist genau richtig. Eine Übermacht, der kein

Planet, keine Galaxis und auch kein Universum standhalten kann. Marshal Gains schloss ein Sprachenübersetzungsmodul an die Schüssel unter der Decke an. Die Marshals hingen an Stahlträgern und beratschlagten. „Es gibt keine Kabel, es gibt einfach keine Angriffspunkte.", flüsterte Stark. Während sie weiterplanten und lediglich Vermutungen aufstellen konnten, meldete sich das Übersetzungsmodul: „Frequenz und Code gefunden und eingerichtet... die Übertragung beginnt... Roboter 6787... die letzten vier Gehirne sind in fertiggestellte Raumschiffe zu integrieren. Wir haben noch keine Rückmeldung unserer Außenraumschiffe erhalten. Die

letzten vier mit Gehirnen
bestückten Raumschiffe sollen
zu den Koordinaten des
gescannten Universums fliegen.
Wir benötigen dringend weitere
6 Milliarden Gehirne um unsere
Raumschiffe erfolgreich zur
Invasion aller Universen im
Omnium zu führen. Niemand
wird sich uns in den Weg stellen
können. Wir sind die Macht und
die Schöpfung."

Versteinert sahen sich die Marshals an. „Das ist also der Grund, sie wollen unsere Gehirne als Speichermedium.", sagte Korogon. „Ja, noch sind die Gehirne, die von der Natur oder Gott erschaffen wurden, besser als jede Maschine. Aber ich will nicht in einen Maschinenkörper und ewig ohne Gefühle leben. Wir brauchen einen Plan.", forderte Gains. „Marshal Gains an Professor Greg. Wie sieht es bei euch aus?" „Hier Professor Greg auf der LIVER ONE. Wir arbeiten an einem Plan. Verschafft uns Zeit." „Wie sollen wir das schaffen? Die vier Raumschiffe werden gerade mit den Gehirnen bestückt, dann starten sie.", fragt Korogon. Noch ehe er weiter reden konnte, stürzte Marshal Wegros gewagt in die Halle und rief: „Ein Leben für Milliarden!" Sofort schoss er auf eines der Gehirne. Vor den Augen der Marshals wurde Marshal Wegros auf eine Bahre gelegt und festgeschnallt. Jetzt öffneten die Maschinen den Schädel von Wegros. Er schrie vor Schmerzen. Nach zwei Minuten hatten die Roboter das Gehirn und brachten es zu einem der vier Raumschiffe. Wegros Körper war noch nicht gestorben. Die Roboter ließen ihn einfach auf der Bahre liegen. Arme und Beine strampelten. Mit einem gezielten Schuss töte Marshal Gains den Körper seines Kollegen. Die vier Raumschiffe waren bereit für

den Start in Richtung
gescanntem Universum.

Die drei Marshals konnten nicht
eingreifen. Sie mussten tatenlos
zusehen, wie ihr Freund nun
zum menschlichen Speicher
eines der Raumschiffe wurde.
„Lasst uns zu unseren
Raumschiffen zurückkehren,
hier können wir nichts
ausrichten.", sagte Marshal
Gains.

Die Maschinen-Raumschiffe
starteten. „Was passiert da bei
euch?", fragte der Professor über
L-Com ganz aufgeregt.
„Professor, wir haben Marshal
Wegros verloren. Er ist jetzt in
einem der Maschinen-
Raumschiffe. Wir werden sie
verfolgen. Sie fliegen zu unserem

Universum.", sagte Gains. Rem meldete sich sofort zu Wort: „Es tut mir um euren Freund sehr leid, aber ich verstehe was er vorhat. Er wird versuchen, die eigenen Schiffe zu vernichten. Ihr müsst ihm Zeit verschaffen, denn es öffnet sich demnächst ein Wurmloch, das die vier Schiffe in die Nähe eures Universums bringt." „Ja, Zeit verschaffen, das hat schon einmal nicht geklappt. Ich gehe gleich zum Kaufmann und kaufe eine Tüte davon.", flachste Gains. Sofort nahmen die acht STAR MAR-Raumschiffe die Verfolgung auf. Plötzlich meldete sich über L-Com eine Stimme: „Hier Wegros, ich bin immer noch Marshal der vereinigten Planeten. Ja Freunde, ich lebe.

Ich denke… also bin ich. Die Waffen auf den Maschinenschiffen basieren auf „Materie zu Energie-Umwandlung". Das heißt, der abgesandte Strahl wandelt ein Raumschiff oder einen Planet in Energie um, die die Maschinenraumschiffe aufnehmen und verarbeiten. So sind sie unangreifbar und ewig. Es ist ein Todesstrahl. Ich versuche die anderen mit den eigenen Waffen zu schlagen, aber ihr müsst mich dann vernichten. Ich werde bestimmt erkannt und getötet. Denkt daran, jedes einzelne Maschinenraumschiff kann eine Bedrohung für alle Universen im Omnium sein."

„Hier Professor Greg. Marshal Gains, wir trennen uns nun. Meine Berechnungen sind bald fertig. Mit der LIVER ONE werden wir uns um den Maschinenplaneten kümmern. Ihr müsst die vier Schiffe erledigen. Ich habe keine Ahnung wie. Ich weiß auch noch nicht, ob unser Auftrag zu erledigen ist. Aber die 128 Planeten, die dem STAR MARSHAL-Office unterliegen, werden es uns danken. Vielleicht sogar unser Universum. Viel Erfolg für uns alle.“

Die LIVER ONE blieb weiterhin versteckt und arbeitete an dem Plan, den Maschinenplanet in ein Schwarzes Loch zu lenken. Die acht **STAR MAR**-Raumschiffe verfolgten die vier Maschinenschiffe.

„In 2 Millionen Kilometern öffnet ein Wurmloch. Ich greife nun meine Schiffe an.", ertönte es aus dem L-Com. Wegros manipulierte die eigene Crew. Er suggerierte ihr, dass Feinde auf den anderen Schiffen sind und diese nun vernichtet werden müssen, um die große Invasion nicht zu gefährden. Der erste gezielte Schuss auf eines der Maschinenschiffe und es löste sich komplett auf. Die freigewordene Energie absorbierte Wegros Maschinenschiff in gewaltigen Kondensatoren. Die beiden übriggebliebenen Schiffe bemerkten den Verlust und schossen nun auf Wegros. Wegros wurde als Star Marshal als Taktiker ausgebildet. Jetzt flog er taktische Manöver, wobei die Gehirne der beiden anderen Schiffe lediglich als Speicher missbraucht wurden. Es wurde eine Strahlenschlacht. Die STAR MAR-Raumschiffe mussten in Deckung gehen. Solch eine Feuerkraft hat noch niemand gesehen. Plötzlich öffnete sich das Wurmloch. „Marshal Ustinov, fliege mit der STAR MAR 45 hinein und schließe es am Ende mit den Strahlenkanonen. Feuere alles was das Schiff hergibt ab, damit der Kanal für immer geschlossen bleibt.", befahl Marshal Gains. Die STAR MAR 45 flog hinein.

**Kurze Zeit später brach das Wurmloch zusammen.**

**Wegros Schiff wurde leicht getroffen. Eines der anderen Schiffe taumelte durch den Raum. Das andere Maschinenschiff war noch voll intakt. „Hier Gains, feuert auf das taumelnde Schiff… gebt alle… Feuer frei!" Alle sieben STAR MAR-Schiffe feuerten. Jetzt endlich war das Maschinenschiff verletzbar. Es**

schmolz zu einem Eisenklumpen im Raum.

Zwischen Wegros Schiff und dem noch übriggebliebenen Maschinenschiff kam es zu einem Showdown. Beide Schiffe lagen sich im Raum gegenüber. Wegros Schiff war angeschlagen. „Wir müssen Marshal Wegros helfen. Schaltet die Projektoren ein und projiziert Maschinenschiffe in den Raum.", befahl Marshal Gains. Sieben weitere Maschinenschiffe waren nun zu sehen. Sie richteten sich alle gegen Wegros Maschinenschiff. Man könnte denken, dass alles gegen das abtrünnige Schiff getan würde. Aber der Taktiker Wegros kannte ja seine Weggefährten.

**Er lud ein letztes Mal die Waffe und setzte zum finalen Schuss an.**

**In der Zwischenzeit waren die Berechnungen für Professor Isaak Greg abgeschlossen. Die LIVER ONE flog auf den Maschinenplanet zu. Auf dem Planet begann ein hektisches Treiben. Viertausend Schiffe wurden ohne Speichercomputer, sprich Gehirne, bereitgestellt. Die Roboter sollten eigenständig**

handeln. Ohne Hauptcomputer hatten sie keinen Kontakt zum Zentralcomputer auf dem Planet, aber auch keine Taktik und Koordination. Sie waren einfach nur brutal, machtbesessen und dumm. Es wurde ein Rennen mit der Zeit. Die LIVER ONE war nun nah genug am Planet. Der Chromoswellen-Generator wurde aktiviert. Die neuen Berechnungen und Einstellungen schienen zu funktionieren. Der ganze Planet war nun innerhalb der Chromoswellen-Glocke. Langsam faltete sich der Raum. Der Planet bewegte sich natürlich nicht, dazu fehlt es an Gravitation und Energie. Auf den Instrumenten sah man das

200000 Lichtjahre entfernte Schwarze Loch. Jetzt stauchte der Professor den Raum extrem. Die Schiffe auf dem Planet wurden auf die Startbahnen geschleppt. Es sah nicht so aus, als wenn die Zeit der LIVER ONE reichen würde. Die Aufregung war groß. Wenn nur eines der Maschinenschiffe starten und nur einen Schuss auf die LIVER ONE abfeuern würde, wären alle vernichtet.

Noch 110000 Lichtjahre sind zu überbrücken. Auf dem Planet standen nun 6 Raumschiffe bereit.

„Holt mehr aus dem Generator heraus!", rief der Professor.

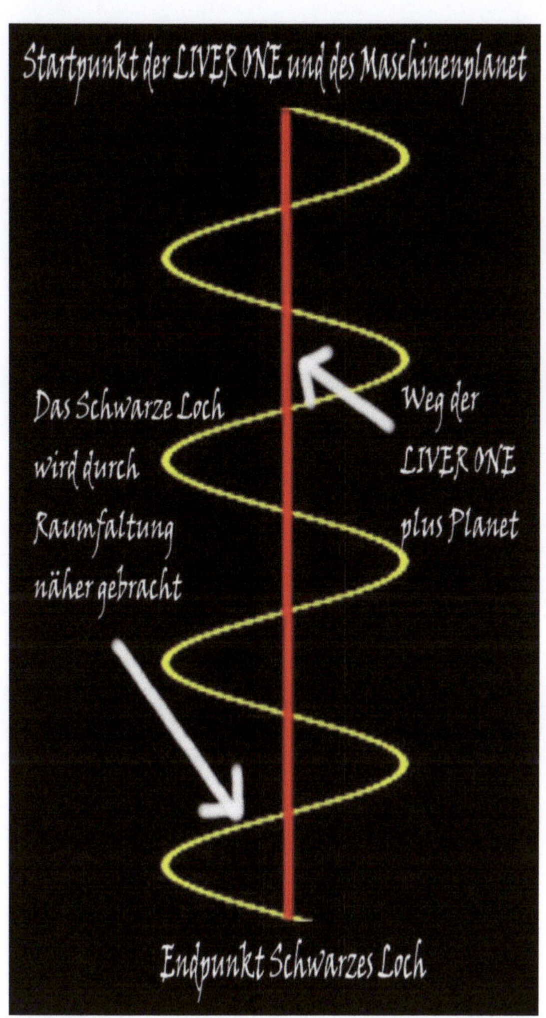

Startpunkt der LIVER ONE und des Maschinenplanet
Das Schwarze Loch wird durch Raumfaltung näher gebracht
Weg der LIVER ONE plus Planet
Endpunkt Schwarzes Loch

Noch 75000 Lichtjahre… die
Raumschiffe der Roboter
bekamen Starterlaubnis… noch
52000 Lichtjahre… das erste
Maschinenschiff hob ab…
44000 Lichtjahre waren noch
zu überbrücken… das zweite
Maschinenschiff hob ab… die
Raumschiffe steuerten direkt auf
die LIVER ONE zu. Plötzlich
liefen Minuten in Plank-
Einheiten ab. Die Planck-Zeit ist
der kleinste Zeitablauf in der
Physik. Die Maschinenschiffe
feuerten einen Strahl ab. Der
kam nun Millimeter um
Millimeter auf die LIVER ONE
zu. Jeder Druck auf einen
Schalter dauerte eine Ewigkeit.
Der Computer auf der LIVER
ONE meldete sich: „Daaas
Zieeel wiiird iiin aaacht

Zentiiilooonen naaach Steeerneeenzeiiit eeerreiiicht weeerdeeen. Dieee Rauuumzeeeitstauuuchuung wiiird nuuun deeer nooormaaalen Rauuumzeeeit aaangepaaasst." Aber die LIVER ONE reagierte nicht. Es waren nur noch 18000 Lichtjahre zu überbrücken. Das Schwarze Loch kam gefährlich näher. Der Finger des Professors kam dem Schalter für GENERATOR AUS nur um Millimeter näher. Es war eine Frage der Zeit, wer oder was war schneller? Der zerstörerische Energiestrahl der Roboter? Die Anziehungskräfte des Schwarzen Lochs? Oder der Finger des Professors? Noch 9000 Lichtjahre...

STAR
MARSHAL

Noch 7000 Lichtjahre… 5000 Lichtjahre… 1000 Lichtjahre… nun wirkte die Anziehungskraft des Schwarzen Lochs gewaltig. Der Finger des Professors war nur noch 2 mm vom Schalter entfernt. Der Todesstrahl eines Raumschiffs hatte noch 5 cm vor sich. Jetzt waren alle im Einzugsbereich des Schwarzen Lochs. Im gleichen Augenblick drückte der Professor den Schalter… gleichzeitig traf der Todesstrahl auf die LIVER ONE und hinterließ einen etwa 20 cm tiefen Kratzer entlang der gesamten Außenhülle. Der Planet wurde ins Schwarze Loch gezogen. Sofort veränderte der Professor die Gravitationswelle. Jetzt wurde sie gestreckt. Das Schwarze Loch entfernte sich.

Der Planet war vernichtet. Die LIVER ONE flog eine riesige Schleife und setze die Chromoswelle wieder ein, um zum Vereinigungsstandort mit den sieben STAR MAR-Raumschiffen zu gelangen. „Glückwunsch Herr Professor.“, gratulierte Marshal Gains über L-Com. „Auch euch beglückwünsche ich, alle haben ihr Bestes gegeben.“, antwortete der Professor.

Alle Raumschiffe trafen sich zum Rendevous. In dem Augenblick, in dem der Planet vernichtet wurde, brach auch der Befehlseinsatz zu Wegros Maschinenschiff ab. Die Roboter reagierten nun nur noch auf die Befehle von Marshal Wegros.

Zusammen formierte man sich und flog in Richtung heimatliches Universum. Kurz vor dem Eintritt trafen sie auf die STAR MAR 45 mit Marshal Ustinov, der das Wurmloch außer Gefecht setzte. Gemeinsam ging es nun in Richtung Milchstraße. Glücklicher Weise gab es keine Verluste. Marshal Wegros war nun in einer anderen Dimension, konnte aber mit allen kommunizieren. Ein neuer Freund wurde mit Rem gefunden, ebenfalls aus einer anderen Dimension. Außerdem bringen sie noch ein Maschinenschiff mit.

Nach 28 Tagen kamen alle wieder in das heimische

Sonnensystem. Der Chromoswellengenerator stauchte die Wegstrecke bis aufs Äußerste. „Marshal Greg Gains an STAR MARSHAL OFFICE-Hauptquartier auf dem Mars, bitte melden." „Hier Hauptquartier, wir freuen uns auf ihren grandiosen Erfolg."

Deputy Norgon sagte: „Oh, wir haben immer noch den Generator auf Planetengröße eingestellt, das war gefährlich." Plötzlich trafen zwei Todesstrahlen die STAR MAR 48 und STAR MAR 44. Die Mannschaften wurden sofort getötet, auch Marshal Lynn.

Marshal Wegros flog blitzschnell eine Schleife und griff die im Schlepptau gewesenen beiden

Roboter-Raumschiffe an. Vom Mars-Hauptquartier feuerte man aus allen Rohren. Sofort stiegen weitere 11 STAR MAR-Raumschiffe auf. „Marshal Gains an alle! Nicht schießen! Wir laden nur ihre Kondensatoren auf, dann sind sie noch mächtiger!" Mit eingeschränkter Feuerkraft versuchte Wegros mit seinem erbeuteten Maschinenschiff alles herauszuholen.

Plötzlich waren die beiden ungebetenen Gäste verschwunden. Auch die LIVER ONE war verschwinden. Geistesgegenwärtig schloss der Professor die LIVER ONE und die Maschinenschiffe ein und startete mit eingeschaltetem Chromoswellen-Generator in Richtung des nächst gelegenen Schwarzen Lochs. 26000 Lichtjahre ist es von der Erde entfernt. Wieder gab es das gleiche Phänomen. Wieder lief alles mit der Planck-Zeit ab. Die Maschinenschiffe schossen ihren Todesstrahl ab. Der Professor hatte nun aber bereits den Finger auf dem Schalter. Noch 8000 Lichtjahre… wieder kamen beide Todesstrahlen näher… noch 4000 Lichtjahre…

noch 1000 Lichtjahre... die gewaltigen Anziehungskräfte reagierten auf die LIVER ONE. Der Professor drückte den Schalter... die LIVER ONE flog einen Bogen und die Maschinenschiffe wurden vom Schwarzen Loch angezogen. Wieder gab es einen 50 Meter langen Streifschuss an der Außenhaut  der LIVER ONE.

Zurück zum Mars, sah Marshal Gains die Streifschüsse an der Außenhaut der LIVER ONE und flachste: „Na, mit Smart Repair ist da wenig zu machen."

Tage später wurden alle zu
General Jackson eingeladen.
„Ich beglückwünsche alle zu
diesem großartigen Erfolg. Sie

haben nicht nur unsere
Milchstraße gerettet, auch nicht
nur unsere Galaxis, nicht nur
unser Universum, sondern das
gesamte Omnium.

Ich verleihe allen den STAR
MARSHAL-Sonderorden,
gestiftet von allen 128 Planeten.
Und ihnen, sehr geehrter Herr
Professor Isaak Greg, den
Ehren-Marshal-Stern.

Und ein herzliches Willkommen
unserem neuen Freund aus der
fernen Galaxis... Rem!"

Rem und Wegros wurden
Freunde und teilten sich die
Aufgaben auf dem erbeuteten
Maschinen-Raumschiff. Es wird
nun in die gesamte Flotte der
STAR MAR-Raumschiffe

integriert. In Gedenken an den verschollenen Marshal Stan Gohr wurde das Schiff STAR THOR genannt.

......................ENDE...................

**STAR MARSHAL**
ab dem 1. 1. 2016
im Buchhandel

Das Schweinchen Klecks
und andere Kindergeschichten

ISBN 978-3-95744-286-4

Fitus, der Sylter
Strandkobold

ISBN 978-3-95744-758-6

Fitus, der Sylter
Strandkobold
Gute-Nacht-Geschichten

ISBN 978-3-73922-001-7

# MEINE GEDICHTE
Sültz, Renate

Hardcover
96 Seiten
ISBN 978-3-7392-1582-2

# SEELENVERSPRECHEN
Sültz, Uwe H.

Paperback
96 Seiten
ISBN 978-3-7392-2810-5

# DEIN LEBEN IN MIR
Sültz, Uwe H.

Paperback
88 Seiten
ISBN 978-3-7392-3427-4

# Konstanzes Vermächtnis

Es wird die Lebensgeschichte der jungen Schneiderin Konstanze ab 1880 in Berlin erzählt.

ISBN 978-3-73921-903-5

# STAR MARSHAL -

# Police in the Universe

Die Hüter des Gesetzes im Universum, die Star Marshals, sorgen im 25. Jahrhundert für Recht und Ordnung. Weitere Geschichten folgen...

ISBN 978-3-73922-617-0

Spanende

Kurzgeschichten

für

unterwegs

ISBN 978-3-95744-598-8
ISBN 978-3-96008-041-1

The Best of...

ISBN 978-3-73924-193-7

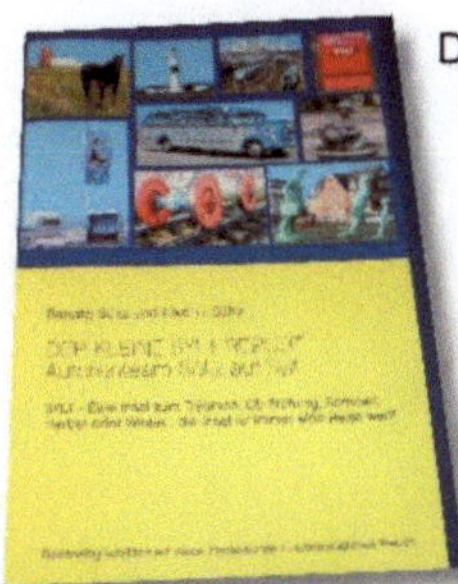

DER KLEINE SYLT REPORT
Autorenteam Sültz auf Sylt

Eine Buchreihe zu
erschwinglichen Preisen
mit immer wechselnden
Themen.

ISBN 978-3-73922-559-3

SYLT - Ein Bildband
Die Bilder haben einen hohen Wiedererkennnungswert
ISBN 978-3-7392-3086-3

# Ab Februar 2016 erscheinen folgende Projekte:

Geburtstagskalender für Sylt-Freunde
Autorenteam Sültz auf Sylt
Notizbuch
... schuldig oder nicht schuldig?

348
Notizbuch
für
FERRARI
Freunde
Renate Sültz & Uwe H. Sültz
356H
Notizbuch
für
PORSCHE
Freunde
Renate Sültz & Uwe H. Sültz

FSC
www.fsc.org
MIX
Papier aus ver-
antwortungsvollen
Quellen
Paper from
responsible sources
FSC® C105338